笹野真

手のひらたちの蜂起／法規

いぬのせなか座

背景と重なった彼は仕草と加速度を奪いさる
「かまわないどのみちお前は地面を見つける程には歩きはしなかった」
飛び込んでしまえば建物を突き抜けた明かりが背中を焼き照らすじゃないか
穴を穿てば穴が開くと思ったか　お前は元から穴だというのに
その通り穴に穴を穿って声と声の衝突を衝突のまま押し通すのだ
第二宇宙速度で落下せよしている離せそれはわたしの手ではないこれこそがお前の手そうお前の握るそれこそがわたしの手

手を常の三分の一正確に三分の一の速度でおろしながら息を察するようにと問うと弧を描くはずであり
通りすぎて木香を置きざりに
引きづっているのは果たして全てを物へと還すためなのか
雨のように雨が降る約束通り音を裏切りながら
五人分の影をはぎ取り暦にして投げすてるそれによってくだけちる空間は朝の織り目からそんなに遠くない
草を草とあらしめるものは風を足元に残したりしない
合わせた手のひらにちょうど収まる広がりが存在するはずもないといったのは
促音より早く動ける体をもってしてもかなわない渦の速度の質に見とれたのに

見つかるか見つからないかに欠け
総じて分かるその他円弧に走り
二種の空気の切り札を重ね動揺と童謡を縦に積んで
蜂たちの蜂起、蜂のピュレを添えて
郷愁には死んでもらう
低く群れる建物たちのむこうにとぎれとぎれみえる牛たちは歩みがこちらと同期している
屋上から屋上へと側転宙返り
君にはそれをおとといまで持っていってもらう

10

たわめられた契約を薄くのばし丁寧に折りたたんでみせる様は人をいらだたせる
それは引き算とベランダの簡単な足し算だよといいました
（番号をつけ忘れている）
影の影と十二人の森 ジェットエンジン編
縁取り＋椅子＋通り＝灌木－花瓶
沈黙は息を潜め生業をこそ泥へと変更し屋根たちをまっすぐに伸ばす
片眼を両手で覆い残った瞳に地面を反射させて虚勢をはる
尾翼を模して振られる手の兄弟 がれきの使徒 道々の言う通りにしよう
どうか星座座を描いてください それを引きさいてばらまいてください

たし布がたどるのをもてあまし

塩の柱となるためにふりかえりその触角であるそれはわ

水滴が水滴をたどるのではないように

組み込まれた砂

背中から町をなで

波の溝を足跡としよう

リンゴがリンゴであることを忘れ走り去った後に現れるnotリンゴ

でもやっぱり最初からいたnotリンゴ

リンゴからリンゴにリンゴを渡したのにやっぱり返すっていわれてでもこれリンゴじゃないリンゴだよ

北半球でリンゴの皮をむくと必ず反時計回りになります

ガラス割れたのぜんぶあそこのバッタのせいにしよう

それは僕のつむじではありません君のです

それみたことか

そしてリンゴを食べるとリンゴの味がする

「ほら僕の言った通りでしょ、ピアノを弾くとボートが空気の中へ沈んでいく」空気の中に沈んだピアノがボートをほおばってふくらむ

（この詩にはピアノは欲張ってはいけないという教訓が含まれています）

ころりころげた君の猫の君のころころがころがってコロンボの推理で君が犯人にされる

皮膚の下をハタハタとたなびきながら走るバーゲンセール、が与えられたとせよ

消える扉を走らせると消えるドアが洗濯されドアをノックするんじゃなくてノックしたところがドアなんです

瓦礫の名残を鵜呑みにするのは六十の手習いと鉄の悪い癖

ボールをリフティングするようには音を開けられないというのは君の間違い

限界まで遅くした食事は雲と区別がつかない（置いてけぼりにされた影）

カラスが鳴くようにカラスが飛ぶと思っていた雑踏の底が抜け音達が落下していく（着地しない）

地面に広がって町の明かりを映したりなどしたくない雨（落下を拒絶せよ）

虚偽の四つ折りの外へ向かう折り鶴は地面のように軽いので機織りで螺旋階段を織れない折り鶴のいっさいがっさい

跳ね橋は意外と裏切らない（しかし君の足は跳ね橋を裏切ったではないか）

雲のいうとおりに歩くとピアノが弾けなくなるが手紙は食べてよい

両の手のひらで小鳥を覆っているのは窓に凭せかけた影を樹木に見つからないようにするためであって、
保護のためでも捕獲のためでもないのに、
まるで中身が波のときだけ手紙が早く届くのと同様になにしろ葉はとうに私の手元から消えているのですからと彼は言う。
波の痕跡からの推理です。何度となく繰り返されてきたことなのです。

水泳！

紙の上の痕跡は足跡ではなく洗われた過去なども見えずすべての風は地をつらぬくはずでありというのもピレネー山脈でアルプス山脈を下山したからでありそれは彼女の占星術として矩形に区切られた部屋に反論する、

カレンダーに一週間に四度、日を追加しつづけ、三月五十一日に進めることで、匂いの力で折りたたまれた部屋を聖骸布へと折り返し描写による呪縛が彼の視線の玉突きで解きはなれてしまう。

「見えるものがなんだったのかは知っている。枯れ葉が列車に従わず振りかえらないのは決して」
地面の否定ではなく落下の記憶によって堅さを得たのなら彼がすいあげた水の記憶へと伝達せよ
巻き込みにやってこい　それ自身によってやぶけ　二重ではなく別時間だとあらかじめ暴き出せ　止まりながら走れ　歌と隙間をぶつけろ　風を穴に通すのではなく風にこそ通したのではなかったか

29

血の外は夜が直立し小屋を二つにすぱりと二つに截っているはずでありたとえを文字通りにアポレクが生きていると言った。
どこかの女があんたの家に体当たりして一つの角度をなしこの角度がきわめてかたい金属でできたすじかいのようにキンチョウして血で囲うすべを知っている。
賢い血は建設中の建物の窓のように青くてうつろであるからなのだが
その窓を通して反対側のファサードの窓から空が見える

音を振りはらって進むには早さが足りないので
町行きからとりだした手足を投擲すると
あのように窓の反射が
同時に起こったふりをする左折の
かすめ取られた
背中の知らない木の根を引きちぎれ

きっとしかしその通りなのだろう
歩んだ先から足跡を否定する音
手のひらたちの蜂起 / 法規
当然の帰結としてではなく
影あのように立ちあがって
空を削って燃やす
底を打って浮かび上がってくるの波浪
振り返ると法が現れる

おいてきたてのひらのくぼみは
天井の梁のようには包括する範囲が広くない
指紋をたどるレコード針が犬を探す声犬に探される声とうとう
とうとう？せめて鳩がはばたきだすおと
皮膚の下もそと
ためてとどがただきだすそと
たどるのはおとこそがめくられた皮膚をたどる
かざなりをほりかえしながらすすむと道がめくれます
床をノックすると犬
ひろげられる広場がひろげられ（翼ではない）
山からではないこだまがここそこにころぶ

運ばれつつある重さの中へ
覆われつつあるコーザの支えになろうとした
例えられた雲のおわれるわうをうわぉわわ
パキポポキをくだいた破片をいくら組み立てても元通りにならない戻らない
井戸掘りの背中に見出された井戸掘りが自分の体を歩き回り足跡足音トントントン
待ち町マチアス ネ・ネ・ネ・ネ・ネーコのオケツ ミミミ
知ってるけど知らないから知らない人からきた手紙食べた

かわいそうなぞうさんを帆に乗せよう
それがいいそれがいいと言ったかどうかは自転車に聞いて
このぞうきんときみは朗らかに似ている
はらんだ風をふきとられた帆がぞうさんの上にぞうが乗っているふりをして
進んでも進んでも象のしわたちずさんで
帆には消し去ったはずのタイヤの跡
ゾウの皮を裏返して纏い
ゾウの外側に立ちゾウになった世界を踏みつける

みずがめ座と当座をパタンと合わせると右左が入れ替わるという
くつひも 屋敷 もうもどらないという
なぜしっているのですか

犬の落下が与えられたとせよ（ただし二匹までとする）
それらは空中で一度止まって確かめることによって得られる
忘却は許されていない鉄の歩み（さっきより遅い）
彼を折りたたんで封筒に入れ速達で森に送る
重力がすり切れて反射だけが残り声が食われる（君みたい）
夜の外側ではほどけた音たちが木の実のように振る舞う
桃李の動悸を望みもせずに通せんぼを通したくせに

たちずさんでたちずさんで
いつかあのときの風のように
二度目の風が一度目の風をまねたように
演じてみせる手のひら
地面を放り投げた二年前
裏切るのが当たり前だろう
手のひらを背中と入れ替える
鏡になんて映らないのになぜ入れ替えたのか
裏切られた報復ではあり得ない
まして、願望だったなんてことはなおのことあり得ない
それは白髪を白髪たらしめるものでは
三枚目の窓は偽物
髪が黒くなってしまう
手のひらが裏切ったのか手のひらを裏切ったのか
背中は知らないふりをする、自身を風で貫くために
手のひらに踊らせるために窓を開けたのか
すべての窓は裏切り者
粒子の粗いタンスの中に納めるための歩み
歩みを止めるための帆
それを雪崩に移そうとする力に抗って

さっきふれてたたずんだ天井を探させる背中は昼夜織りでおられ
風景をひくく抑える声がなにかと水平に手立てをほうる
それじゃないその手立てじゃない 駅で見かけた方円の手立てのはずだよ
あのように投げかえす猫をふくらませるように
うすくはがれて落ちてくる泡は空気をはらんでいないのにはためく残影が首肯を一手進める
そこにおられる背中に影ははいのぼった どうか指先の先を見つめないでください
といたのは「どうして足音はたどる道を説明しないの」
自転車で謝ったら猫ゾリの行列がいつまでも途切れなくって寝ると猫に怒られる君が

手のひらの模様を知らないとしてもその風は通らない
着地しない足のいうとおりにしたら　かえるかえらないかえる「足で足の上を歩くからだよ」
どんな落下も重力を保証しない　折りたたまれた風の表面をどこまでもどこまでも読んでみるか？

ボビン花瓶イツハク・ラビン 皆回る物

空気の固さを確かめるためではない足取りを通過することで彼の瞳の上にさざ波を起こす手筈になっている

冷蔵庫の余り物を使い手慣れた手つきで水差しを貫通させる

所作が鏡の反射に遅れて届けどてでもそれは水面ではありません

青色の代わりに記憶を置いて約束を果たす

水平を計画しなさい

街灯が割れ電車がとろとろと思わせぶりに歩道を走り路地に入っていく

二種類目の死を鉢植えで育てている男は、それがさも大事なことであるかのように振るまう

なぜしっているのですか
せめて伸ばせますように
誰かあの糸をこの海の中に通してください
しってるよ一秒先もここなんでしょ
さっき波のしぶきを数えおわりました
みずがめ座と当座をパタンと合わせると右左が入れ替わります
パタンパタンと寝ている人を畳むとカーテンが開きます
あらわれたここ、織機で布にすると遅くなります
私たちが思っているよりずっとテーブルの抵抗は強い
貨幣となるには裏表が足りない
　に肉体を与えた唯一の
壁に焼きついた影は影ではないようでいてやはり影とよばれる

影、ここに置いていこう
帆は置いていかない
しっぽが32メートルしかないんだから仕方がない

額の重力、さっきと違う
もちろん帆は風をはらんだりしない、落下の味を知っているから
三人の友はやってこない、だって約束してないから
帆との約束とごっちゃにしている
影を置き忘れたりするからこんなことになる
しっぽ忘却仮説
両手で支えられるだけの風を声に塗る
道の友人は花の匂いをかいだことがない
机の裏は晴れ（ただし期限切れ）
掘られた穴が歩行を促さないように
埋葬の埋葬
モグラからの伝言、約束を忘れてくれれば呼吸をわずかにずらしてもいい

さっきふれてたたずんだ天井を探させる背中は昼夜織りでおられ
風景をひくく抑える声がなにかと水平に手立てをほうる
それじゃないその手立てじゃない　駅で見かけた方円の手立てのはずだよ
あのように投げかえす猫をふくらませるように
うすくはがれて落ちてくる泡は空気をはらんでいないのにはためく残影が首肯を一手進める
そこにおられる背中に影ははいのぼった　どうか指先の先を見つめないでください
自転車であやまったら猫橇の行列がいつまでも途切れなくって寝ると猫に怒られる君の
とどいたのは「どうして足音はたどる道を説明しないの」

手のひらの模様を知らないとしてもその風は通らない
着地しない足のいうとおりにしたら かえるかえらないかえる「足で足の上を歩くからだよ」
どんな落下も重力を保証しない 折りたたまれた風の表面をどこまでもどこまでも読んでみるか?
者とともに舞いおちるすべての物たちが歩き方を忘れるために落葉は落陽を溶かして器に従わないよう水を諭す
それはわたしの足でも背中でもありません
先の先を折りたたんでも風の落下にはなりません
どうか猫がふくらみませんように

詩集　手のひらたちの蜂起／法規

著者　笹野真

いぬのせなか座叢書6

発行　いぬのせなか座
http://inunosenakaza.com
reneweddistances@gmail.com

編集　山本浩貴＋鈴木一平

装釘・本文レイアウト　山本浩貴＋h

印刷・製本　シナノ印刷株式会社

発行日　二〇二三年一一月二七日

落丁・乱丁本はお取替えいたします。